크리스천
공감 시편

공공연한 비밀

비밀

open secret

이선명 시집

청어

공공연한 비밀

이선명 지음

발 행 처·도서출판 **청어**
발 행 인·이영철
영   업·이동호
홍   보·최윤영
기   획·천성래 ∣ 이용희
편   집·방세화 ∣ 이서윤
디 자 인·김바라 ∣ 서경아
제작부장·공병한
인   쇄·두리터

등   록·1999년 5월 3일
(제321-3210000251001999000063호)

1판 1쇄 인쇄·2015년 6월 20일
1판 1쇄 발행·2015년 7월 1일

주소·서울특별시 서초구 효령로55길 45-8
대표전화·586-0477
팩시밀리·586-0478

홈페이지·www.chungeobook.com
E-mail·ppi20@hanmail.net
ISBN·979-11-86484-18-0(03810)

이 도서의 국립중앙도서관 출판시도서목록(CIP)은 서지정보유통지원시스템 홈페이지
(http://seoji.nl.go.kr)와 국가자료공동목록시스템(http://www.nl.go.kr/kolisnet)에서 이용
하실 수 있습니다.(CIP제어번호: CIP2015014223)

공공연한

비밀

open secret

12명의 사람들이
동그란 탁자에 앉아
각기 다른 말로
사랑을 이야기한다

단 세 가지 진실만이
이들에게 놓인 명제
12명의 사람들은 모두
공평한 기회를 제공 받았다

하지만 그들이 나누는 이야기는
결국 사랑
말이 다르고 생각이 달라도
답은 하나로 묶일 예정이다

동그란 탁자의 만찬은 여전히 소란하지만
세 가지 진실 속에 답이 있다
12명의 죄 된 사랑 이야기

사람들은 달라도 결국 모두 한 사람을 향하고 있었다

– 이선명, 「한 남자의 시계」

/ 차례 /

제
일
권
•
탕
자
의
고
백

동백꽃 • 12
신호등 • 13
과속방지턱 • 14
주님은 해바라기 • 15
뒷담화 • 16
용서 • 18
천국 1 • 19
다른 길 • 20
그릇 • 21
CCM • 23
교회 짠지들 • 24
나 • 25
욕심 • 26
대형 교회 • 27
빛의 증거 • 28
예수 그리스도 • 30
때 • 31
아가페 • 32
믿음 • 33
아바 아버지 • 35
탕자의 고백 • 36

제
이
권

•

회
개

거짓말 • 40

중보기도 • 41

속임수 • 42

새벽기도 • 43

사탄 • 44

실망 • 46

사랑 • 47

회개 • 48

다니엘 세이레 기도회 • 49

나를 위해 • 51

적용 • 52

구원 • 53

변화 • 54

천지창조 • 55

감사 • 56

마음 • 58

광야 • 59

은혜 1 • 60

대표기도 1 • 61

시험 • 62

회개 • 64

제
삼
권

•

사
랑
으
로

성경 말씀 • 68

메리 크리스마스 • 69

매일 아침 • 70

설립예배 • 71

개척교회 • 73

구약 • 74

신약 • 75

감사헌금 • 76

십일조 1 • 77

십일조 2 • 79

죄 1 • 80

사랑은 • 81

이단 • 82

천국 2 • 83

동행 • 84

시련 • 86

구속 • 87

죄 2 • 88

교제 • 89

전도 1 • 91

사랑으로 • 92

제
사
권

•

그
분
의

사
랑

유 · 초등부 • 96
중 · 고등부 • 97
돈 • 98
지상명령 • 99
너는 내 아들이라 • 100
주일성수 • 102
수능 대박 • 103
비전을 바라보며 • 104
합심기도 • 105
아멘 • 107
설교말씀 • 108
전도 2 • 109
신천지 1 • 110
십일조 3 • 111
이유 • 113
신천지 2 • 114
섬김 • 115
헌신 • 116
교회 • 117
금식 • 118
돌아가며 한 사람씩 기도 • 119
그분의 사랑 • 120

제
오
권

•

사
랑
의

본
질

식당 봉사 • 124
참회의 기도 • 125
십자가 • 126
방언 • 127
신천지 3 • 128
찬송가 • 130
기독교 • 131
교회 소식 • 132
인사 • 133
목회자 • 135
사랑방 나눔 • 136
선교사님 • 137
삼위일체 • 138
성경 읽기 • 139
예배 • 140
성령 충만 • 142
대표기도 2 • 143
교만 • 144
절제 • 145
공공연한 비밀 • 147
사랑의 본질 • 148

자평(自評) | 『공공연한 비밀』에 대하여 • 150

탕자의 고백

변치 않는 기다림은 사랑입니다
다시 돌아올 수 있었던 것은
나의 죄 된 뻔뻔함이 아닌 나를 향한 기도였습니다
다 주시고 또 주신 줄 알지 못했습니다

1

봄보다

먼저 핀 꽃처럼

구원보다 먼저

사랑을 가르쳐 주신 예수님

- 시편 공감 「동백꽃」

2

빨간 불엔 멈추고

파란 불엔 길을 갑니다

성령보다 말씀보다 앞서지 않게

– 시편 공감 「신호등」

3

천천히 천천히

세상이 볼 땐 느리고 불편한 이 길이

때론 하나님이 나를 지키시고 보호하시는

가장 안전하고 빠른 길인지도 모릅니다

– 시편 공감 「과속방지턱」

4
나는
하나님의
태양입니다

- 시편 공감 「주님은 해바라기」

5

오른손이 하는 일을
왼손이 모르게
그렇게 하는구나

– 시편 공감 「뒷담화」

Vision Trip
Summer Mission 2014
Malaysia in Pinang

6
또 봄은 오고
꽃은 피었습니다

– 시편 공감 「용서」

7

이곳의 최저 분양가는

나의 죄를 대신하여 십자가에 달리신

주님의 사랑을 믿는 믿음입니다

- 시편 공감 「천국 1」

8

하이패스 전방 2km

세상과 구별되는

나의 가장 빠른 길은

기도입니다

– 시편 공감 「다른 길」

9
무엇이든 잘 먹는 5살 하은이
하지만 먹고 싶어 하는 음식을
다 사주진 않습니다
아직 이것저것 가리지 않고 먹으면
금세 탈이 나기 때문입니다

하나님이 주신 축복을
다 받아 누리지 못하는 어린 나처럼

- 시편 공감 「그릇」

Vision Trip
Summer Mission 2014
Malaysia in Pinang

10
음악에 취한거니?
은혜에 취한거니?

– 시편 공감 「CCM」

11

주님을 보지도 못합니다
주님을 듣지도 못합니다

하지만 남의 눈의 티끌은
들보처럼 잘 봅니다

실족케 하는
연자 맷돌 같은 소리만
잘 듣습니다

– 시편 공감 「교회 짠지들」

12

찬양하지 않는 사람은
주님을 만나지 못한 사람입니다

기도하지 않는 사람은
기대할 것이 없는 사람입니다

복음을 전하지 않는 사람은
구원을 알지 못하는 사람입니다

- 시편 공감 「나」

13

교회에 계신 예수님을
로또복권방의 주인으로
취급하지 말아주세요

노력 없는 대가는
주님이 주신 것이 아닐지 모릅니다

- 시편 공감 「욕심」

14

크게 성장해 소문난 한국 교회들

소문난 잔치에 먹을 것 없다는 소리

제발 듣지 않았으면 좋겠습니다

– 시편 공감 「대형 교회」

15
속지마세요

어둠 사이에서 빛나는 것이 아니라
빛이 있는 곳은 어둠이 없는 것입니다

빛이 물러간 자리만
어둠이 차지할 수 있습니다

- 시편 공감 「빛의 증거」

Vision Trip
Summer Mission 2014
Malaysia in Pinang

16

노예가 주인을 대신해서 죽으면

보상을 받지만

주인이 노예를 위해 죽는 것을

오직 사랑 때문입니다

− 시편 공감 「예수 그리스도」

17

기도는

구름과 같다고 배웠습니다

하지만 어느 구름에

비가 내릴지

알지 못합니다

우리는 그저 비가 내리길 바라며

구름을 모을 뿐입니다

- 시편 공감 「때」

18

꽃을 좋아하는 사람은
꽃을 꺾지만
꽃을 사랑하는 사람은
꽃을 가꾸고 관리합니다

꽃이 더 향기롭고 아름다울 수 있도록

- 시편 공감 「아가페」

19

주님은 내게 항상 최선의 것을 주십니다
그것이 비록 죽음이라 할지라도

– 시편 공감 「믿음」

Vision Trip
Summer Mission 2014
Malaysia in Penang

20

쉽게 가늠할 수 없었던

주님의 사랑

부모가 돼서야 조금

이해할 수 있게 되었습니다

− 시편 공감 「아바 아버지」

/ 탕자의 고백 /

집에 도착하려면 아직 멀었는데
벌써 나를 보며 뛰어 오셨습니다
뺨을 비비며 눈물범벅이 되어 안으셨습니다

다 받고도 모자라 또 받았습니다
하지만 정말 받은 것은 사랑이었습니다
처음으로 사랑이 기다림임을 알았습니다

새 옷과 새 신을 새 이름을 받았습니다
나는 달라고 원망하였지만
이미 더 주신 줄 알지 못했습니다

변치 않는 기다림은 사랑입니다

다시 돌아올 수 있었던 것은

나의 죄 된 뻔뻔함이 아닌 나를 향한 기도였습니다

다 주시고 또 주신 줄 알지 못했습니다

제 이 권

/

회
개

용서할 수 없는 나를 용서하시고
사랑할 수 없는 나를 사랑하시며
이천 년 전 가장 거룩한 죽음으로
나 여기 한 줄의 말씀에 무릎 꿇나니
내 것이 아닌 삶을 위하여

오늘도 죄 된 삶을 고백합니다

21
내 영혼에
허니버터칩

- 시편 공감 「거짓말」

22

당신이 혼자라고
헛웃으며 잠든 밤
누군가는 당신을 위해
울고 있었습니다

– 시편 공감 「중보기도」

23

당신은 나를 사랑하고 계시는데

나는 왜 혼자라고 느꼈을까요

– 시편 공감 「속임수」

24
그리고
그곳엔
항상
주님이
계십니다

– 시편 공감 「새벽기도」

25

그는 각 사람에게서

멀리 있지 아니하도다

– 시편 공감 「사탄」

Vision Trip
Summer Mission 2014
Malaysia in Pinang

26

늘 감사한 주님께

내가 드린 것은 언제나

이것뿐이었습니다

- 시편 공감 「실망」

27

세상이 아무리 변했어도
주님은 언제나 동일하십니다

- 시편 공감 「사랑」

28

나는 죄인입니다
나는 죄인입니다
죄인 중에 괴수입니다

– 시편 공감 「회개」

29

걱정이 없습니다
기도만 있을 뿐입니다

– 시편 공감 「다니엘 세이레 기도회」

*Vision Trip
Summer Mission 2014
Malaysia, in Pinang*

30

왜

이런 세상에

왜

예수님께서

왜

인간의 몸으로

– 시편 공감 「나를 위해」

31
나 말고
저 인간이
들었어야 했는데

– 시편 공감 「적용」

32

내게 허락하신 것이 대체 무엇입니까
내게 약속하신 것이 대체 무엇입니까

― 시편 공감 「구원」

33

내가 다른 것일까

아니면

친구들이 달라진 것일까

– 시편 공감 「변화」

34

신화인 줄 알았는데
역사인 것을 알게 되었습니다

거짓인 줄 알았는데
진실인 것을 깨닫게 되었습니다

- 시편 공감 「천지창조」

35

바람처럼 늦게 깨닫고

나뭇가지처럼 흔들리는 마음

– 시편 공감 「**감사**」

Vision Trip
Summer Mission 2014
Malaysia in Pinang

36

선에서 선을 내고
악에서 악을 내나니

– 시편 공감 「마음」

37

지나고 나니

감사였습니다

힘들고 괴로웠지만

은혜였습니다

다른 나를

만날 수 있었습니다

38

믿고 싶어도
믿을 수 없었던 것이

믿지 못하는 것이
이상한 일이 되었습니다

- 시편 공감 「은혜 1」

39
너는 마음에
근심하지 말고
두려워하지 말라

– 시편 공감「대표기도 1」

40

내 형제들아

온전히

기쁘게

여기라

– 시편 공감 「시험」

Vision Trip
Summer Mission 2014
Malaysia in Pinang

/ 회개 /

용서할 수 없는 나를 용서하시고

사랑할 수 없는 나를 사랑하시며

이천 년 전 가장 거룩한 죽음으로

나 여기 한 줄의 말씀에 무릎 꿇나니

내 것이 아닌 삶을 위하여

오늘도 죄 된 삶을 고백합니다

눈물이 바다를 이루어도 다 못한

나를 위해 죽어간 사랑을 위하여

무엇으로 대신할 수 없는 삶이

행한 것은 오로지 거짓 뿐

다시 두 발 아래 삶을 내려놓고
죄인의 바다에 용서를 청합니다

죄 된 삶이 가시 돋듯 자라
사랑하는 이의 심장을 찌르나니
그 피로 온전히 삶을 덮어
눈물로 가득한 영혼의 삶으로
세상의 어느 모퉁이에 다시 사랑을 싣고
여기 십자가 앞에 버팀목으로 서길 원합니다

사
랑
으
로

사랑으로 사랑을 치유합니다
십자가의 보혈은 은혜였습니다
세상이 줄 수 없는 선물
십자가는 처음부터 사랑이었습니다

41

주 하나님을
내 몸과 같이 사랑하라

내 이웃을
내 몸과 같이 사랑하라

– 시편 공감 「성경 말씀」

42

왜

안 믿는

니들이 더

난리들이야

– 시편 공감 「메리 크리스마스」

43

항상 기뻐하라

쉬지 말고 기도하라

범사에 감사하라

– 시편 공감 「매일 아침」

44

언제 오늘처럼

다시 예배당이

꽉 찰꼬

- 시편 공감 「설립예배」

Vision Trip
Summer Mission 2014
Malaysia In Pinang

45

사고는

대형 교회가

욕은

우리가

- 시편 공감 「개척교회」

46

오실

예수님에 대한

약속

− 시편 공감 「구약」

47

다시

오실

예수님에

대한

약속

- 시편 공감 「신약」

48

보통 땐

일만 원

특별할 땐

삼만 원

– 시편 공감 「감사헌금」

49
세금
빼고

세금
포함

- 시편 공감 「십일조 1」

Vision Trip
Summer Mission 2014
Malaysia In Pinang

50

성과급은……

주여
나를 시험에 들게
하지 마옵소서

- 시편 공감 「십일조 2」

51

날이 갈수록

더욱 선명해졌지만

다

잊어주셨습니다

- 시편 공감 「죄 1」

52

모든 것을 믿으며

모든 것을 바라며

모든 것을 견디며

— 시편 공감 「사랑은」

53

어린 땐
몰랐는데

크니까
헛갈리네

– 시편 공감 「이단」

54

죄만

짓고

살았는데

오직

주의 은혜로

- 시편 공감 「천국 2」

55

말없이

옆에 앉아

함께 울어주셨습니다

– 시편 공감 「동행」

Vision Trip
Summer Mission 2014
Malaysia in Pinang

56

힘겨워

원망했던 삶이

선물로

축복으로

- 시편 공감 「시련」

57

너무
평범한 나를

너무
특별한 나로

- 시편 공감 「구속」

58
조금
숨기려 했는데

다
드러나고 말았네

– 시편 공감 「죄 2」

59

맞춰

가며

세워

가며

서로가

서로에게

– 시편 공감 「교제」

Vision Trip
Summer Mission 2014
Malaysia. In Pinang

60

꼭

온다고 해 놓고

또

오지 않았네

- 시편 공감 「전도 1」

/ 사랑으로 /

구별 없는 사랑을 꿈꿉니다

십자가가 노력이 아닌 것처럼

이웃을 차별하지 않으려 합니다

하지만 너무 늦게 알았습니다

악함이 약함임을

약함이 사랑의 대상임을

또 사랑은 대가가 필요했고

나는 너무 약한 존재였습니다

내 것이 아닌 것을 가지려 했습니다

사랑으로 사랑을 치유합니다

십자가의 보혈은 은혜였습니다

세상이 줄 수 없는 선물

십자가는 처음부터 사랑이었습니다

그
분
의

사
랑

다 잊은 듯 무심한 당신을
때론 가시 돋듯 상처만 주는 당신을
예수님은 더 사랑하시며
죄 없는 죽음으로 대신하여
그 마음을 사랑으로 보여주셨습니다

61

학교가 하지 못한 교육을
학원이 할 수 없는 교육을

- 시편 공감 「유·초등부」

62

너란
녀석

참
귀한
녀석

- 시편 공감 「중·고등부」

63

사랑하는 자들아

하나님이 이같이

우리를 사랑하셨은 즉

우리도 서로 사랑하는 것이

마땅하도다

– 시편 공감 「돈」

64
이 세상
끝까지

세상 모든
사람들에게

65

울었습니다

울고

또

울어야했습니다

— 시편 공감 「너는 내 아들이라」

Vision Trip
Summer Mission 2014
Malaysia in Penang

66

바쁘다는
핑계로

힘들다는
핑계로

– 시편 공감 「주일성수」

67

아무것도 염려하지 말고

다만 기도와 간구로

너희 구할 것을 감사함으로

하나님께 아뢰라

– 시편 공감 「수능 대박」

68

비록 내 삶이

어제와 같은 오늘이며

오늘과 같은 내일일지라도

- 시편 공감 「비전을 바라보며」

69
손에
손잡고
벽을 넘어서

– 시편 공감 「합심기도」

Vision Trip
Summer Mission 2014
Malaysia in Pinang

70
크게

더

크게

- 시편 공감 「아멘」

71

알듯
말듯

끝날 듯
말듯

− 시편 공감 「설교말씀」

72
복된
만남

복된
소식

– 시편 공감 「전도 2」

73

그들 말처럼

진짜

바로 알자

쫌!

- 시편 공감 「신천지 1」

74

해야 하는데
해야 하는데

꼭
했어야 했는데

– 시편 공감 「십일조 3」

Vision Trip
Summer Mission 2014
Malaysia In Pinang

75

우리가

살아도

주를 위하여

죽어도

주를 위하여

- 시편 공감 「이유」

76

볼지어다

문 밖에서 서서

두드리노니

누구든지 그 음성을 듣고

문을 열면

– 시편 공감 「신천지 2」

77

아닌
척

모르는
척

– 시편 공감 「섬김」

78
내가
먼저

사서
고생

- 시편 공감 「헌신」

79

그가

내 안에

내가

그 안에

– 시편 공감 「교회」

80
아무 일도
없는 듯

언제나
그런 듯

– 시편 공감 「금식」

81

근심 초조

콩닥 콩닥

힐끔 힐끔

- 시편 공감 「돌아가며 한 사람씩 기도」

/ 그분의 사랑 /

예수님의 마음을 알고 있나요?

예수님의 기도를 들은 적 있나요?

당신이 세상의 상처로 아파할 때

힘들고 지쳐 일어서지 못할 때

예수님은 당신을 안고 계십니다

세상이 당신을 상하게 하지 못하게

당신을 안고 고난을 대신 걸으시며

아파하는 당신의 눈물을 닦으십니다

예수님의 말씀을 기억하나요?

예수님의 십자가를 생각하나요?

다 잊은 듯 무심한 당신을
때론 가시 돋듯 상처만 주는 당신을
예수님은 더 사랑하시며
죄 없는 죽음으로 대신하여
그 마음을 사랑으로 보여주셨습니다

사랑의 본질

나는 다만 아버지의 마음을 알고
아버지의 마음을 따라 나를 드려
주님의 사랑이 무엇임을 알아가는 것입니다
사랑은 하나님의 마음을 아는 것입니다

82

힘들지만
내가
먼저

− 시편 공감 「식당 봉사」

83

돌이킬 순
없지만

다신
그러지 않기 위해

– 시편 공감 「참회의 기도」

84

너

때문에

아니

나 때문에

– 시편 공감 「십자가」

85

어떻게
그런 말을
해

– 시편 공감 「방언」

86

넌

아닐거라

생각했었는데

너마저

– 시편 공감 「신천지 3」

87

촌스럽다고

모르는

네가

더 촌스럽다

– 시편 공감 「찬송가」

88

우린

달라

하지만

너도

특별해

– 시편 공감 「**기독교**」

89
세상에
이런 일이

- 시편 공감 「교회 소식」

90

잘 됩니다

잘 될 수밖에 없습니다

앞으로 잘 될 일만 남았습니다

− 시편 공감 「인사」

Vision Trip
Summer Mission 2014
Malaysia in Penang

91
왠지
달라 보여

괜히
멋져 보여

하지만
난
아니야

- 시편 공감 「목회자」

92
제발
용건만
간단히
합시당 ^^;

- 시편 공감 「사랑방 나눔」

93

미안합니다

감사합니다

사랑합니다

– 시편 공감 「선교사님」

94

솔직히 말해

무슨 소린지

잘 모르겠다

− 시편 공감 「삼위일체」

95

불면증엔
수면제보다
탁월해

– 시편 공감 「성경 읽기」

96

어떤 누가 비웃어도

나는

다윗처럼

춤을 출거야

- 시편 공감 「예배」

Vision Trip
Summer Mission 2014
Malaysia in Pinang

97

기적이
일상이 되는 삶

- 시편 공감 「성령 충만」

98

시작하면
졸립고

끝나면
아쉽고

- 시편 공감 「대표기도 2」

99

전 아닙니다
전 달라요

– 시편 공감 「교만」

100
나의
마지막
모습이길
기대합니다

Vision Trip
Summer Mission 2014
Malaysia in Pinang

101

주여!

할 수 있는 것이

죄 짓는 것뿐입니다

– 시편 공감 「공공연한 비밀」

/ 사랑의 본질 /

사랑은 내 것을 하나님께 드리는 것이 아니라

하나님의 마음을 아는 것입니다

내가 사랑하고 싶은 누군가를 사랑하는 것이 아니라

나를 잠시 접고 아버지의 마음을 따르는 것입니다

사랑은 주님이 아파하시는 영역을

내가 아닌 아버지의 마음으로 보고

나는 할 수 없다 말하기 전에

먼저 그 일에 나의 걸음을 옮기는 것입니다

그러나 사랑은 내가 아닌
아버지의 마음을 드리는 것입니다
내 것을 드리지만 나는 없는 것입니다
처음부터 주님의 마음이 머문 곳

나는 다만 아버지의 마음을 알고
아버지의 마음을 따라 나를 드려
주님의 사랑이 무엇임을 알아가는 것입니다
사랑은 하나님의 마음을 아는 것입니다

크리스천 공감 시편

『공공연한 비밀』에 대하여

성경에 시가서는 욥기부터 아가서까지 총 5편이 있으며 지금도 교회마다 많은 은혜의 말씀을 전하는 본문으로 자주 이용되고 있습니다.

그런데 안타까운 것은 현대에 있어 시는 그들만의 리그처럼 시인들과 일부 사람들만의 문화로 마치 외계어와 같은 알아들을 수 없는 언어로 취급을 받는 것이 현실입니다.

음악과 미디어가 발달한 요즘 시는 그 역할을 하지 못하고 외면받고 있으며 특히 목회자가 아닌 평신도가 쓴 신앙이나 간증 관련 글은 더 설 자리를 잃어가고 있는 것이 사실입니다.

그래서 어떻게 하면 보다 의미 있고 무게 있게 그러면서도 독자들에게 사랑받을까 고민하다 일본의 하이쿠와

한국의 단편시집을 접하게 되어 이를 모티브로 크리스천 공감 시편을 준비하게 되었습니다.

다소 가볍게 느껴질 수 있지만 무시하지 못할 만큼의 고민으로 크리스천이면 누구나 공감할 수 있는 내용으로 시를 구성하였습니다.

웃고 생각하며 현시대를 함께 살아가는 크리스천으로 공감과 나눔을 통해 더욱 풍성한 신앙생활을 누릴 수 있기를 기대합니다.

재치와 유머를 바탕으로 쓴 시들이지만 크리스천 간의 소통과 기도의 장이 되기를 바랍니다.

시인 이선명 씀

크리스천 공감 시편

공공연한 비밀